KB076837

꿈꾸며 기도하며

.

꿈꾸며 기도하며

2014년 4월 14일 초판 1쇄 인쇄
2014년 4월 20일 초판 1쇄 발행

지은이   이범렬
펴낸이   김영호
펴낸곳   도서출판 동연
등   록   제1-1383호(1992. 6. 12)
주   소   서울시 마포구 월드컵로 163-3, 2층
전   화   (02) 335-2630
팩   스   (02) 335-2640
이메일   yh4321@gmail.com

ISBN 978-89-6447-244-6 03810

小流 이범렬
첫 시집

꿈꾸며
기도하며

동연

어렸을 때부터 시 읽기를 즐겨하고 시 쓰기를 좋아하는 편이었습니다. 직장에 다니고 연구소를 경영하면서 일의 현장에서 몰입하다 보니 시를 바짝 가까이 하지 못한 채 저만치 떨어져 시에 대한 그리움이랄까 마치 고향을 멀리 떠나 고향을 늘 그리워하는 그런 심정이었습니다.

이제 나이 들어 치열했던 일의 현장에서의 짐을 덜고, 이것저것 봉사도 하고 친지도 만나며 책과 음악과 전시회를 접할 기회가 조금씩 늘어 가면서 그동안 편편히 써 왔던 시를 정리하여 부끄러운 마음 접어놓고 첫 번째 시집을 내게 되었습니다.

나는 일찍부터 신앙의 틀에서 살아왔습니다. 가족이나 주변 환경이 그랬던 게 아니라 스스로 예수님께 이끌리었던 것입니다. 내가 신앙의 틀 밖에서 어슬렁거릴 때면 주님이 나를 그 틀 안으로 강력히 끌어당겨 주시어 그 안에서 지내야 나의 생각이 나래질을 할 수 있었고, 나의 자유와 평화가 지평을 넓힐 수 있었습니다. 감사한 일입니다. 그러므로 여기에 정리한 부족한 시들은 나의 신앙의 고백이자 소원이라고 할 수 있습니다.

이 땅에 살면서 누구나 세월 따라 나이는 들어가지만 자세히 살펴보면 할 일은 넘치도록 많은 것 같습니다. 남은 삶을 어떻게 살까 골똘히 궁리도 하고 기도도 하면서 꿈을 꿉니다. 꿈만으로 이룰 수 없기에 줄기차게 기도하고 열심히 일도 합니다. 때론 넘어지고 때론 꺾이기도 하지만 그래도 기도하면 힘을 얻습니다. 아니 힘을 주십니다.

하늘나라 부르실 때까지 주신 사명 이루기 위해 멈춤 없이 기도할 수 있기를 소망하는 마음으로 여기 부족하지만 첫 번째 작은 시집을 냅니다. 그리고 나의 시집은 앞으로 계속 나올 것입니다.

내 건강과 삶을 보살펴 주느라 애쓰는 사랑하는 3남매 내외, 시집을 낼 수 있도록 늘 성원해 주신 연규홍 교수(한신대 신학대학원장)와 기도와 격려로 도와주신 분들에게 감사의 마음 전하고 싶습니다.

2014년 4월
이범렬

차례

I. 배꽃 피는 계절

II. 농부의 여름

III. 꿈꾸며 기도하며

Ⅳ. 어떤 외로움

V. 다가가 나눔을

VI. 헌 시(獻詩)

Ⅰ.
배꽃 피는 계절

어떤 미소

어떤 미소
학생시절 가슴 찡하게 하던
프랑수아즈 사강의 작품 제목

어떤 미소
음악감상실에서 즐겨 신청해 듣던
쟈니 마티스의 호소력 넘치는 노래

어떤 미소
이제 나이가 들면서
작품이야기 아닌 잔잔한 모습으로
내가 지니고 싶은 것

그리고 이따금 만나고 싶은
女人의 모습이다.

배꽃 피는 계절

안성캠퍼스 가는 길
다도해 섬 같이 자리 잡은 배밭들이
하얗게 꽃을 피웠다

그 배밭들 위에
4월의 햇살이 쏟아진다

배꽃 피는 계절이면
온 산 나무들이 연둣빛 새잎을 다투어 내밀고
들판은 풀잎으로 서서히 흙을 덮어간다

배꽃 피는 계절이면
아련한 그리움과 추억이 날아와
배꽃으로 배꽃으로 가슴을 부빈다

시간은
무엇인가

바람
바람 같은 봄의 흐름 앞에서
배꽃을 보며 하늘을 보며
후욱 긴 호흡을 가다듬는다.

수선화 그리움

이른 봄 창가
물기 머금은 수선화
햇살 받아 눈부시고
겨우내 숨겨 왔던
노란빛 향내 은은함은
계절의 그리움 품었다

하나씩 열려 가는
티 없이 맑은 꽃잎

똑바로 받치고 서 있는
연록 꽃줄기
아름다운 소년 향해
기다림 손짓한다

그 옛날 아득한 신화
그렇게도 애절했던 이야기 떠올라
보고 또 보며

차마 옮겨지지 않는 눈길

노란빛 따스한 그리움
온몸에
꿈꾸듯 스며든다.

봄의 빛깔

진달래 흐드러진 산길을 지나
개천둑 따라 가지런히 개나리가 피었다

옆집 담장 위로 솟아오른
눈부신 백목련

봄의 빛깔들이
수채화로 물드는 계절
도시인의 분주한 걸음 중에도
문득 가슴이 설렌다

수줍음 타던 중학생
봄을 그리던 시절 그 때―

바닷가에는 왜 혼자 걸었을까
양지 바른 언덕의 노랑 들꽃을 보며
왜 깊은 숨을 쉬었을까

펄럭이는 나비를 보며
왜 따라갔을까

어디선가
어렸을 적 부르던 가곡이 들려올 듯싶고
하얀 시집 속의 어떤 미소가 다가올 듯싶다.

6월의 山河

6월의 하늘은
뭉게구름 어우러져 흐르고
그 흐르는 모습
밝은 강물에 일렁인다

산마다 온통
진초록으로 물들어 가는 계절
밤꽃 내음 비릿한 산자락에
꿀벌들이 분주하고

들판에
갓 모내기한 벼들이
하늘 향해 일제히 고개를 쳐든다

6월의 山河는
장엄한 生長의 교향곡

하지만 오래 전

1950년 그때의 6월은
탱크소리 따발총소리 대포소리 전투기 소리……

그 소리와 더불어
맨주먹 군인들
자줏빛 핏물이 땅을 적시고

부르튼 맨발
땀에 전 무명 옷자락
등에 업혀 배고파 우는 아이
활동사진처럼 어른거리며

아, 민족의 절규와 비명
처절한 고난의 한숨이 뒤섞인 채
흐느끼며 울부짖은 기도가
하늘에 사무쳐

오늘의 이 땅 6월은
활력 넘치는 축복이 펼쳐진다.

맑음 그리고 아득함

그것이 무엇일까
아무리 생각해도
도무지 정리되지 않는 것

더 다가갈 수 없어
맑으면서도
유현(幽玄)한 것

견디기 어려울 만큼
아린 것 같은데
때론
터질 듯 행복했고
10년을 한결같이
보석처럼 소중히 지닌 그것

푸른 하늘 흰 구름 따라
손 흔들며 아득히 보낼까
생각하면

눈망울 흐려오고

오히려
좀 더 가까이 맴돌며
하프 소리처럼 들려오는
심장의 울림, 그것이 대체
무엇이란 말인가

오늘도 머리 감싸며
주님께 질문한다.

6학년 피난시절 1

지나온 삶 더듬으면
석류알처럼 떠오르는
초등학교 6학년 피난시절

비록 열 두서넛 어릴 적이지만
6·25 전란이 터져
포탄소리 간간이 들어가며
보고 들은 전쟁 이야기 적지 않으련만
그건 뒷전이었다

대전(大田)에 살던 대처 소년이
어른들 따라 여기저기 피난 다니던 곳

대덕(大德) 산골
남해(南海) 바닷가
진주(晉州) 남강가

그곳의 산과 들 강과 바다를 쏘다니던

추억 새로워

영상처럼 펼쳐진다.

6학년 피난시절 2
- 대덕 산골에서 -

풀내음 흙내음 따라
한여름 뒷산에 오르면
거기 보랏빛 도라지꽃 몰래 피어 있고
그늘진 곳 옹달샘 만나
손바닥으로 맑은 물 떠마셨다

한낮 더위 피해
논길 한참 지나 시냇물에 다다르면
팬티 바람으로 풍덩
사촌들과 미역을 감았다

계곡 여울에는 송사리와 가재가 한가롭고
밤이면 소쩍새 소리
반딧불이도 어른댔다

대추나무 많았던 이웃 마을 건너가
들일하시느라 비워 둔 마당에서 몰래 따 먹던
반쯤 익은 풋대추 그 맛
평생을 못 잊으며 살아왔다.

6학년 피난시절 3
- 남해도 바닷가에서 -

그해 겨울
따스한 남쪽 섬

이른 아침 문득 뱃고동 소리 들려
포구로 달려 나가면
퍼덕이는 바다생선을 잡아 올려놓고
흥정하는 모습들이 영 신기했다

밤이면 바닷바람 부는 솔밭 사이로
은빛 달이 유난히 밝고
초록 별들이 하늘 가득 총총했다

어느덧 해가 바뀌어도
전쟁 소식은 여전하고
봄이 찾아온 남해섬 농업학교 과수원에
복사꽃이 화사했다

소년은
혼자서 거닐곤 했다.

6학년 피난시절 4
- 진주 남강에서 -

진주에 와서야
가까스로 다시 다니기 시작한
전란 속의 6학년 피난 학생
급우들의 우정이 따스했다

방과 후면 달려간 남강 모래밭
물수제비뜨기를 좋아했고
멀리 촉석루 바라보며
푸른 강물빛 물들던 열세 살 소년

무언가 알 수 없는
벅찬 마음 견딜 수 없어
더듬더듬 시를 썼다

전란의 참화 속 철모르던 소년에게
온몸에 스며든 이 땅의 山河

풀잎 이슬처럼 떠올라
때때로 가슴을 적신다.

커피

커피 잔 앞에 놓고
따스함에 젖는다

분주하던 발길 멈추고
그윽한 커피 향에
마음 가라앉힌다

그 빛깔 몸속에 스며
초점 없는 눈길
푸른 하늘로 보낸다

어디선가 꿈결 같은 음향이
가슴에 잔잔히 다가오는 것일까

커피와 함께 한
삶의 긴 여정
그리운 얼굴들 스쳐가는 시간이다.

새벽

몇 시쯤일까
새벽은 두리번거림으로 시작된다

검푸른 하늘
아직 짙게 깔린 적막
조금씩 옅어지며
새날을 헤아린다

새벽이 오면
산뜻한 마음으로 기도하리라 다짐했지만
조금은 피곤한 몸 뒤척이며
스스로를 가눈다

새벽은 정녕
소중한, 보석보다 소중한
남은 삶의 새로운 첫 출발

이 엄숙한 시간에

때론 묵상으로 때론 소리 내어
주님 부르며
하루를 연다

동편 하늘이 차츰
말갛게 물들어 온다.

II.
농부의 여름

풀내음

비 개인 여름날 이른 아침
운무(雲霧) 헤치며
숲 사이를 걷는다

풀내음 뿜어나는 나직한 오솔길
싱그러움 넘쳐
하늘 향한 가슴 용솟게 한다

자칫 지치기 쉬운 여름
삶의 길목에서
풀내음
새 활력으로 다가온다.

농부의 여름

햇볕 쏟아지는 여름날
산에 들에 녹색 향연이 펼쳐지고
챙 넓은 모자 눌러 쓴
구릿빛 농부들
목에 건 수건으로 연신
구슬땀을 훔친다

장마와 태풍이 번갈아 지나가고
숨 막힐 듯 엄습하는
땡볕 더위

한줄기 시원한 바람
허리 펼 틈 없는
인고(忍苦)의 거친 손

들판에는
곡식과 과일이 알알이 익는다

어느 농가 마당에
연보라 무궁화 홍자색 목백일홍이

타는 여름을 예찬하고
나지막한 울밑 꽃밭
가꿀 틈 없어도
분꽃 봉선화 채송화가 화음(和音)을 이룬다

농부의 여름은
참으로 위대하다.

바닷바람

바람이 분다
바닷바람이 잔잔히 불어온다

햇빛 물빛 모래빛 머금은
바닷바람이 불어온다

옷깃 목깃 여민 사이로
바닷바람 스며든다
온몸으로 바람이 스며든다

저 바다 끝
하늘 구름 바다가 맞닿은 곳
그곳에서 밀려오는 싱그러운 음향
바다교향곡

귀를 모은다
두 팔을 벌린다

외로움에 우겨쌓였던 가슴을 펴고
나래질하며 나래질하며
훨훨 날아간다.

감

가을이 깊어 가면
산마을 흙담 옆 잘 펼쳐진 감나무 가지에
다닥다닥 매달린 열매들

튼실하던 잎사귀 거의 떨어지고
마을에서 단연 빛나는 모습으로
발갛게 물들어 갔다

장대로 조심스레 감을 따
빛바랜 감 잎사귀와 켜켜이 쌓아 두면
서릿발 내릴 즈음
어느새 감이 물렁거렸다

식구들 모여 이야기 꽃 피우며 나누어 먹으면
그 맛 입 안 가득 퍼져
무엇과도 견줄 수 없는 감촉

우리네 핏속에는

그 맛 그 빛이 면면히 흘러
정이 쌓이고 꿈이 흐른다.

홍삼차 한 잔

이른 아침
홍삼차 한 잔 앞에 놓고
동편 하늘 마주한다

이 땅 우리네에게
신비한 효험 전해 오는
약차의 그윽한 향

치열했던 삶의 길목에서
때론 건강을
때론 명상을 지켜 준
갈색의 벗

옛날 그렇게도 귀했던 약차가
이제 우리 곁에 자주 만날 수 있는 건
오늘의 행운이다

회한과 미움을

세월 따라 멀리 보내며
온기 남은 찻잔 들어
감사를 음미한다

지그시 눈을 감고
축복의 하루를 설계한다.

5월의 기도

주님
크신 은총입니다

이 서울 도성의 삭막함에
자칫 지치기 쉬운
우리 영혼

거룩한 교회
그 안식의 품이
한 없이 평화롭습니다

5월의 푸르름
흰 구름과 어우러져
무척 아름답습니다

눈감아
머리 숙여 기도하면

저 멀리 뵈는
밝고도 묘한 시온성

몸도 영혼도
잠들 듯 가라앉고

이윽고
용솟음치는 새 힘 주시어

주님
발걸음 가볍습니다.

장맛비

언제부터인가
장맛비 내릴 즈음이면
우리네 머릿속에
TV 기상도가 어른거린다

억수같이 퍼붓는 빗줄기
강마다 계곡마다 세찬 흙탕물
꽉 막히는 도시 교통의 아우성

장마는
무섭고 불편한 것인가

하지만 넉넉한 물은
풍요의 상징
생활에도 농사에도 공장에도
더없이 소중한 것

이 땅에 장마가 있기에

우리의 삶 싱싱하게 가꾼다

큰 비 이겨내고
큰 물 다스려
감사의 축제로 펼쳐가자.

난 아직도

어연간히 나이 들었는데도
난 아직도 까마아득해

어느 때는 참자 참자 다짐하다가
별안간 어려운 일 당하면
못 가누는 거야, 스스로를

누군가가 심하게 헐뜯는다 싶든지
비행기나 배가 엄청 흔들린다든지
정성 쏟은 사람의 배신을 느낀다든지 하면
속이 쿵쿵거리고 빙퉁그러지는 거야

그럴 때
나 혼자 어떻게 해 볼 양으로
한동안 끙끙거리는 모습

그러다가 깜빡
아, 이게 아니지 가슴 치며 후회하는 버릇

언제나 멈출까
언제까지 매양 이럴까
숨 고르며 하늘 우러른다.

아파트에도 가을이

긴 햇살
아파트 창가의 작은 국화분에 머물러
잔잔한 깃을 만드네

노란빛 보라빛
정겨운 대화
현악 선율 흐르네

멀리 우러르면
빌딩숲 사이로 산들이 펼쳐지고
그 넘어 파란 하늘이
조각구름 흘려보내네

내려다보면
나무들 저마다 계절을 물들이고
쭉 뻗은 가로수
바람이 스산하네

그래, 꼭 멀리 여행을 떠나야만
가을을 만나는 건 아니야
여기 아파트에도
그림같은 가을이 성큼 와 있는걸.

가을을 보내며

지난 가을은
유난히도 진했던 단풍 색깔로
가슴 벅찼지

점점이 떠 있는 흰 구름으로 하여
물감보다 푸르렀던 하늘
저 아득한 곳으로
낙엽 물든 가슴을 띄운다

가을이 가면
겨울이 오지

스산함 안은 산처럼 들판처럼
겨울은 본디
숨 고르는 계절

우리네 도시 삶은
세밑이다 새날이다 하며

더 분주해질 법하지만

마음먹기 따라서는
이 겨울 펼쳐질 긴 밤에는
편지도 쓰고
그리움도 적을 수 있을 거야

가을보다
더 진하게.

혼자 산다는 것

혼자 산다는 것
그거 좋은 일 아닙니다

혼자 살고 싶어 혼자 사는 사람
혼자 살 수밖에 없어 혼자 사는 사람
다 이유가 있겠지요

아무도 기다려 주지 않는 집
아무도 기다리지 않는 집
쓸쓸하지 않은가요

밥도 늘 혼자 먹기 위해 준비하고
먹을 때도 혼자만 먹는다면
맛이 있을까요

집에 이야기 나눌 이 아무도 없이
TV 인터넷 오디오만 만지작거린다면
생기가 있을까요

부부와 자녀가 오순도순 함께 살면 제일 좋겠지만
그럴 수 없는 사람도 있을 터이니
가령 할아버지와 손자 아빠와 아들 친구의 친구
아니 잘 몰랐던 사람들이라도
어울려 사는 것이 낫지 않을까요

나이가 많거나 적거나
뜻이나 성격이 잘 안 맞는 점이 있더라도
서로 이해하고 도와주며
서로 위로하고 격려하며
서로 아껴주고 사랑하며
함께 사는 것이 낫지 않을까요

지금 혼자 사는 사람도
함께 살기 위해 서둘러야겠어요

혼자 사는 사람 줄어들도록
모두 힘써 도와야겠어요.

손자의 부탁

아홉 살 손자 녀석이
가슴 통증으로 괴로워하는
할아버지 곁에서
간절히 호소한다

할아버지
제발 부탁이에요
돌아가시지 마세요

그래
할아버지가 좀 더 살아야
너를 돌보지

하지만 그건
하나님이 하시는 일이란다
너도 기도해 다오.

III.
꿈꾸며 기도하며

기도 1

기도도 때로는
외로움 타는 걸까

기도 속에 아련히
그리움 스미네

그대여
함께 기도해 주오.

기도 2

어렸을 적
기도는
교회당에 가서 눈감고 하는 것이려니
그렇게 느꼈다

자라면서
기도는
조용한 데서 조용할 때 드리는 것
그렇게 알았다

어른이 되고 나이 들어
기도란
때와 곳 가리지 않고
숨 쉬듯 드리는 것임을
그제야 깨달았다

이제 새 소원 생겼다
하늘나라로 부르실 때

기도하며

조용히 눈감았으면…….

기도 3

기도는 참 신비하다
두 손 모으고
두 눈 감으면

희미하던 것 맑아지고
저 멀리까지 보인다

어지럽게 헝클어진 것들
하나씩 풀어지며
가지런해진다

슬픈 기억
씻은 듯 사라지고
노여움도 어디론가 날아가버린다

편안해진다
넓은 잔디밭을 거니는 것 같다
새 힘 솟아난다

마침내
끝 모를 영혼 밀려온다.

꿈꾸며 기도하며

나의 꿈은
주님 하늘나라 부르실 때
착하고 충성된 종이라 부르시는 것

이제 나이 들어
건강도 재능도 변변찮고
재산도 소득도 별거 없어
오직 가진 건
꿈과 기도

꿈이 내 그릇보다 커 보여서일까
가까운 이웃에 어쩌다 꿈 비치면
눈길은 보내면서도
미더워 하지는 않는 듯싶다

어떻게 그 많은 장학사업을—
어떻게 그 많은 책을 쓰겠다고—

하지만 주님은 단연
헤일 수 없이 위대하신 분
그분 그 능력 믿기에
오늘도 꿈꾸며 기도한다

그 꿈 이루려
멈춤 없이 일하리

사명 받들어
죽음도 넘어서리.

두 팔 벌려 새 봄을

두 팔 벌려
봄을 마시자

푸른 하늘 향해 가슴을 펴고
새봄을 맞이하자

매서운 바람결에 겨울을 이겨낸
나무들
헤일 수 없는
가지마다 흠뻑 물을 올려
혹은 어느 꽃망울에 머무르고
혹은 어느 잎새에 감추었다.

오 신비로운
기다림의 계절

아득한 먼 산
아련한 안개의 흐름 따라

오래 전 벗의 얼굴 겹치네

그대여, 어디에 있건
함께 두 팔 벌려
기다렸던 봄을 마시자.

하늘과 손잡은 하얀 할머니

눈보라 치는 들녘 저 멀리
조금은 외따로 있는 집
하얀 할머니 한 분
하늘과 손을 잡고 계시다

긴 세월
성직(聖職) 부군과 더불어
이웃을 섬겨 온 거친 손마디

수많은 나날
외마디 소리치고 싶었던 가슴 움켜쥐고
숨죽인 채 살아온 주님의 여종

이제 부군 가시고
홀로 남은 삶
기도로 하늘길 헤맨다

이따금 찾아오는 이 있으면

떨리는 두 손 마주 잡은 채
주름 깊은 하얀 얼굴에 넘치는 기쁨
눈물을 섞어 하늘노래 부르신다

밖에는 여전히
하얗게 눈이 쌓이고 있다.

대화(對話)

그대
죽음이 두려운가

아니, 전혀—
죽음은 새로운 시작
시온 성 언덕 위에서 천사들의 인도를 받아
하나님과 함께하는
찬란한 새 삶이라네

그대
죽음 앞에서 자식들 염려는 없는가

아니, 그것은 별로 없어
오래 기도해 왔고
하나님이 선히 인도하실 테니까

그대
죽음이 다가오면 아쉽지 않는가

조금은, 못 다한 일 있어 조금은 아쉽겠지
전도를 더 했으면 했던 것
사랑의 빚 갚았으면 하는 것들
기록을 남겨야 할 것들

그대
죽음이 아주 가까이 온다면
무엇을 바라는가

글쎄,
숨이 멈출 때까지 기도하면서
미소를 머금을 수 있다면—
그런 바람은 무리일까.

고향의 푸르름과 환희

초여름
퉁겨질 듯 푸른 하늘 아래서
땀방울 흘려가며 농사짓던
어떤 손길

오늘 새벽 갑자기
초인종 울려 나가보니
고향 자기 밭 주변에서
손수 따서 마련한 것이라 하며

잘 포장된 선물 상자를
현관 안에 밀어 넣고 총총히 떠났다

오디로 만든 쨈과
죽순 다듬은 것
대처에서는 좀처럼 맛보기 힘든 것

뒤쫓아 나가며

아침 식사라도 간단히,
아니면 차라도 한잔
권하고 권했지만

버스로 두 시간 길
빨리 가서 일해야 한다며
그냥 멀리 갔다

멀어져 가는 그 뒷모습
멍하니 바라보다가
이윽고 내 눈길
푸른 하늘을 향했다

삶의 환희가
파도처럼 밀려왔다.

낙조(落照)

그런대로 열심히 살아왔다 싶지만
되짚어 보면
숨 고름도 없이 흘러 온 세월

아득한 것 까마득한 것 투성이의 삶에
어느 날 문득
낙조가 다가왔다

고속버스 안에서 홀연 서쪽을 보니
진한 감빛 태양이
일자봉(一字峰) 산위에서 달리고 있었다

하늘은 점차 더 멀리 더 붉게
물들어 가고……

이 후 낙조는
나이 들어 가는 내 가슴을
시시로 처처에서

세차게 울렸다

보령 바닷가 동양화 닮은 소나무 사이에서
통영 미륵섬 넘어 달아공원에서
나를 두근거리게 했고

태평양에서 그리고 대서양 드넓은 바다에서
알프스 산록에서도 모하비 사막에서도
걸핏하면 다가와 멍하게 했다

낙조의 그 수많은 정경 가운데
나는 어떤 모습일까
내 남은 삶의 지평에도
낙조의 은은함을 물들일 수 있을까.

자유 그리고 낮아짐

자유는
가장 고귀한 선물

스스로 갇히지 말고
욕심에 매이지 말고
훨훨 살아가라는 것

시공(時空)을 뛰어 넘어
온 나라 지구 곳곳 드넓은 우주 그리고
천국까지도
마음껏 누리라는 것

다만 자유는
마음을 비울 때
낮아지고 낮아질 때
비로소 얻을 수 있는 것

마침내

자기를 죽일 때
완성되는 것.

병고(病苦)의 은총

나이가 들며
여기저기 걷잡을 수 없이 아픈 곳이 생겨
몹시 힘들었다

도무지 성한 곳보다
성치 않은 곳이 많은 듯싶었다

숨 막히게 가슴 답답할 때가 잦았고
대동맥이 부풀어 위험할 지경이었다

눈도 아른거려 책 읽기 힘들고
이도 흔들려 음식 먹기 어렵고
귀도 상하여 어지럼증 심했다

위장 갑상선 전립선
사방에 이상이 왔다고 진단했다

주님, 어떻게 해야 할까요

기도하고 또 기도했다

주님께서 긍휼히 여기셨다
아이들이 정성껏 돌봐 주었다

병원에 입원도 하고 수술도 했다
음식도 가려먹고
걷기 운동도 했다

주님 소명 느껴지며
주님 손길 다가왔다
신비하게 조금씩 나아졌다

병고는 깨달음의 샘물
소중한 자산이다
남은 날 설계하는 기도시간이다.

알프스의 어느 새벽

그건
충격이었다

알프스 산자락 정갈한 마을
전나무 사이로 올려다 본
검푸른 새벽 하늘

초승달과 별들이
견줄 수 없는 선명함으로
나그네의 가슴을 쳤다

일체의 소음 멈추고
맑음과 정적만이 흐르는
새벽의 산마을 그 하늘

창조의 손길
그 위대함
어찌 다 헤아릴 수 있으랴.

IV.

어떤 외로움

낙엽을 밟으며

낙엽을 밟으며
가을을 숨 쉰다

낙엽 밟는 소리에
흘러간 시간의 가닥을 찾는다

이어질 듯 끊어질 듯
아득한 사랑 이야기들

이윽고
명주실 같은 가녀린 시간들이
머릿속 실패에 감긴다.

어떤 외로움

좋은 작품 전시회 좋은 공연 갈 때면
누군가 동행하고 싶다

가슴 찡한 책 읽고
그 느낌 나눌 사람 없을 때
조금 허전하다

집안 아이들에게 닥쳐 온
큰 기쁨 큰 슬픔 함께 할 수 없을 때
아주 답답하다

본디
사람은 외로운 것

혼자 밥 먹고 혼자 산책하는 것
혼자 잠드는 것 또한 견딜 만하다

하지만

오래 정든 사람 헤어지는 건
너무 힘들어
죽을 것처럼 큰 병이 난다
한참을 지나야 낫는다

외로움
때론 밀려오고 때론 잊혀진다
그렇게 익어 간다.

세월이 흐르면

그대
세월이 흐르면
어렴풋이나마
알게 되겠지

한겨울 동틀 녘
창문을 열면 하얗게 쌓인 눈 세상
그런 마음

이른 봄
양지 바른 뒷산 모퉁이에 핀
노랑 들꽃
그런 마음

기쁜 소식
외로운 삶
함께 나누고 싶었던
순백(純白)의 진실

세월이 흐르면
절절히는 아니라도
어렴풋이나마
알게 되겠지.

포인세티아 그 붉은 잎새

그대는
내 영혼의 단심(丹心)

찬바람 일면
더욱 빛나는 모습

어릴 적 소녀에게 전할
성탄카드에 그려진
추억의 빛깔

흰 눈 쌓이는 새벽이면
종소리와 더불어
더욱 붉게 물들어 가던
진홍빛 파편

오늘
양지바른 창가에서
그대 향한 긴 눈길에

눈물이 고인다
까닭도 없이.

어머니

그처럼 총명하시던 어머니
팔순이 가까워지시자
이 자식 저 자식 오랜만에 만나시면
눈물 없이 우시는 모습이었다

험한 세월
주름진 얼굴 굵어진 손마디
어렵게 키우시고 잘되길 바라시던
고난의 옹어리

어쩌다 만난 자식
반가움 넘쳐
가눌 수 없이 표출된
숭고한 표정

그때는 뭉클하기도 했고
이상하기도 했지만
늙으면 그런 건가 싶었다

어머니 이제 와 곰곰 생각해 보니
그건 걷잡을 수 없는
가슴 복받침

헤아릴 수도 이해할 수도 없는
끝 모를 사랑.

그럴 때도 잘 견딜까

창살에 푸른 빛 물들기 전
두 손 모으고 기도하면서

스스로 안타까워
긴 숨을 내쉰다

아주 힘들 때
아주 힘든 일 거푸 몰아칠 때도
정녕 잘 견딜까

어려운 병 찾아와
땅바닥 헤맬 만큼 아픔 이어져도
감사 찬송 부르며
잘 견딜까

머물고 쉴 곳 마땅치 않고
먹을 것조차 없어 배가 고파도
고난의 십자가 헤아리며

잘 견딜까

혼 바쳐 사랑하던 님
멀리멀리 떠나고
외로움 파도치며 밀려온다 해도
꿋꿋이 잘 견딜까

아무도 보지 않는 곳에서
유혹의 음성 들려올 때도
당당히 물리치며
잘 견딜까

연약한 내 믿음이
그럴 때도 정녕
잘 견딜 수 있을까

그리하여 내가
토막토막이라도 기도를 이어 감은

그럴 때 견딜 힘 얻고자 함이
간절하기 때문이다.

청국장

청국장을 대하면
손마디 굵으셨던 어머님이 떠오르네

청국장찌개를 먹으면
속이 편안해지네
영양가 높은 무언가가
살 속 핏속에 골고루 스미는 것 같지

두부와 표고버섯과 잘게 썬 무가
잘 어우러져
맛도 그만이야

유명 호텔 레스토랑의 잘 구워진 스테이크
그것보다 나는
청국장찌개가 훨씬 좋다네

이 땅 흙냄새 맡으며 살아간다는 게
새삼 자랑스러워진다네.

젖으며 쌓인 낙엽

떨어질 듯 말 듯
한두 잎씩 흩날리던 낙엽

드디어
늦가을비 내리는 교회 뜨락에
수북이 쌓인다

애기 숨소리 같은 나직한 비에
촉촉이 젖은 잎새들은
경이로운 수채화

플라타너스 잎 듬성한 위에
은행잎 바닥에 깔리고
그 위에 진홍빛 단풍이 덮인다

지금 뜨락은
형용할 수 없는 설치미술의 명작

그렇지
인간은 못 하지
흉내 낼 수 없지

늦가을비에 쌓이는
낙엽의 어우러짐은
주님만이 하실 수 있지.

달

누군가 나에게 물었지
왜 그토록 달을 좋아하는가고

꿈꾸듯 더듬듯
조용히 대답했지

어린 시절 달을 보면
누구에겐가 편지를 쓰고
젊은 시절 달을 보면
사랑의 시를 썼지

멍하니 달을 향하면
어지럽게 뒤얽힌 생각
하나 둘 가라앉고

까닭 모를 슬픔
검푸른 하늘로 날아갔지

5월의 아카시아 잎새 사이
맑은 달이 보이면
지금은 멀리 떠난 사랑하던 여인
따스한 손길 아련해지네

달은 꿈을 자라게 하고
가슴을 달래 주는
귀중한 선물이었지.

겨울 공원

겨울 공원에
색깔 바랜 침엽수들과
가지만 앙상한 나무들이
멋지게 어우러져 계절을 보낸다

이따금 눈이 내리면
나무마다 온통 눈꽃이 피고
적막 속에도 낮은 탄성이 울린다

언뜻 쓸쓸해 보이지만
찬바람에도
생명의 흐름은 멈춤이 없다

연인들의 느릿한 산책보다는
건강챙기는 씩씩한 발걸음 숨고름이
더 많은 공원 길

엷은 얼음 사이로 여울이 흐르고

햇살 따스한 날이면
쏴아 분수도 치솟는다

겨울 공원은 정중동(靜中動)
봄을 기다린다
그리고 여름을 꿈꾼다.

종이신문

종이신문은
평생 동행한 나의 절친한 친구

세 끼 밥 챙겨 먹듯
일상의 삶이 된
정보와 지식의 보고
머리와 가슴의 샘이다

온갖 새로운 미디어
빠르게 쏟아져 나오는 소식에
눈과 귀가 쏠려지지만
그래도 종이신문은
흔들림 없이 소중한 나의 친구이다

맨 앞에서 끝장까지 찬찬히 읽어도 보고
더러는 스윽 훑어도 보지만
어쩌다 못 본 날에는
끼니 거른 듯 허전하다

종이신문은
맛있고 든든한 한정식 밥상처럼
균형 잡힌 영양식이다.

수목원에서

가을이 깊어 가네
하늘 빛 구름 빛이 짙어 가며
가슴이 아련해지네

타다 떨어진 단풍잎 여울에 흐르네
물기 젖은 참나무 잎을 스쳐
발걸음 머뭇거리네

흙내음 풀내음 축축이 풍기네
보랏빛 꽃향기 문득문득 스며
옷깃 여미며 가을 마시네

물소리 바람소리 가을을 노래하네
새소리 벌레소리 신비하게 어우러져
가곡을 부르네

가을은 위대한 하늘의 송가
계절은 장엄한 창조교향곡.

V.

다가가 나눔을

사랑은 꽃보다

사랑하는 사람들
꽃을 가꾸고
꽃을 바친다

사랑 마음 넘치면
꽃은 설레게 아름답다

참 사랑은
꽃보다 훨훨 아름답다.

다가가 나눔을

누구에게나
허허로운 가슴 있지
겉으로 당당하고 잘난 체 보여도
외로움 조금씩 배어 있지

다가가 함께 외로움 나누면
그도 나도 이미 외롭지 않아

병들어 고통받는 사람
배고파 하는 사람

그들에게 조용히 다가가
내 지닌 것 내 마음 나누면
그는 웃고 나는 기쁘지

내가 지닌 것
내 것 아니야
하나님이 맡기신 거야

누구에게나
죽음의 공포 잘못 저지른 공포
족쇄처럼 매여 살지

그들 위해 눈물 흘리면
다가가 손을 내밀면
자유 주시지 기쁨 주시지.

소유(所有)라는 것

열심히 일해
겨우 가난을 면한 채
먹고 살고
아이들 가르쳤다

아끼고 모으고
여기저기 이사 다니며
평범한 중류층 재물을 모으는 듯싶었다

이순(耳順)에 접어들자
그 쬐그만 소시민의 소유도
이런 일 저런 일로
하나 둘 흩어져 거의 사라져 갔다

도대체 내가
어떻게 살아왔나 돌이켜 보았다

아니야, 이게 아니야

넉넉히 가지려는 것
부자가 돼 보려는 것
내 젊을 적 꿈이 아니야
다 부질없는 일이야

이제 이웃 위해 살리라
마음 고쳐먹었다

그랬더니 주님은
나눌 때 마다 기쁨 주시고
비울 때마다 채워 주셨다.

일자리

일자리 때문에
사방에서 아우성이다

세상을 더 없이 복잡해지고
일은 점점 많아지는데
웬일인지 일자리는 더 줄어들고
구하는 사람 더 많아진다

사람 쓰는 편에서는
사람 줄이기에 온갖 머리를 다 쓰고
일자리 구하는 사람은
바늘구멍 찾아 구슬땀 비지땀을 흘린다

사람은 일해야 한다
일은 권리이고 의무다
최고의 가치다

사람 쓰는 편에서는

일자리를 만들고 일자리를 나누자

젊은이 늙은이 다 일할 수 있게 하자
그게 이웃사랑 나라사랑이다

일자리 구하는 사람은
구석구석 찾아 살피고
드넓은 세계도 내다보자

좋은 일 궂은 일 너무 가리지 말고
어디나 좋은 일로 바꾸어 나가자

곰곰이 따져 보면
작은 일도 큰 일이 되고
궂은일도 선한 일 되는 것
꿈꾸며 기도하며 열심히 일하자.

지킴과 바꿈

살아 있다는 건
쉼 없이 변한다는 것

계절이 바뀌듯
생각도 느낌도 바뀌고
일도 삶도 바뀐다

세월의 흐름 따라
때론 세월보다 앞서 바뀌어야
앞으로 위로 나아간다

하지만 큰 나무는
가지와 잎이
철따라 바뀌고 무성해져도
뿌리와 줄기는 더욱 튼튼하다

결코 바뀌면 안 되는 것
바뀜의 와중에서

굳건히 지켜야 하는 것

생명의 약속
하나님의 말씀이다.

고난은 유익한 것

아내가 어려운 병에 걸려
하루에도 몇 번씩
견디기 어려운 아픔을 호소했다

붕 뜬 발걸음을 하고
병원으로 교회로 기도원으로 헤매며
한숨 반 기도 반으로 짧지 않은 나날 보냈지만
어느 날 홀쩍 하늘나라로 떠났다

슬픔 흘려보내며
가리사니 잦아 갈 즈음
나에게도 병이
연달아 찾아왔다

한창 바쁜 아이들
정성스런 도움 받으며
열심히 치료했다

많이 회복되었다
하나님 은혜였다

되돌아보니
역시 고난은 유익한 것

매화는 한고(寒苦)를 견뎌야
맑은 향 발하고
포도는 작렬하는 태양 아래서
열매가 찬다

남은 삶 어떻게 살까
결코 소홀히 보낼 수 없어
오늘도 꿈꾸며 기도한다
일하며 또 기도한다.

단풍이 물들면

친구여
단풍이 물들어 가는구려

그런 계절이면
그대와 나는
아무 말 나누지 않은 채
마음이 물들어 갔지

어떤 물감으로도
그려 낼 수 없는 그림처럼
물들어 갔지

아직 촉촉한 잎새 사이를
눈부신 햇살 어른거려
우리가 마주 보았을 때

맑은 눈 그대는
미소를 지었소

영원과 교감하던
우리의 미소
친구여.

초여름 흐름

연둣빛 산과 들이
진초록으로 물들어 갈 즈음

창 넘어 소리 없이
녹우(綠雨)가 내린다

저 멀리 눈길 보내면
운무(雲霧)
자욱한 흐름

그건 본디
아무도 흉내 낼 수 없는
임의 작품이다

빗소리
들릴 듯 말 듯

내 마음
녹색 비에 젖는다.

냉장고를 보며

살아가는 데 꼭 필요한
냉장고
그 안이 꽤 복잡하다

묵은 것 새것
버릴 것 채울 것이
그냥 뒤섞여 있다

정갈해야 할 곳인데
늘 그렇지 못한 채
이제 곧 말끔히 정리해야지 하며
또 미뤄 둔다

어떤 것은 아까워 못 버리고
어떤 것은 게을러 못 버린다

그런데도 번지르르한 겉모습
이따금 머릿속이
냉장고 같이 느껴진다.

빈 둥지

다섯 식구가
처마 밑 제비처럼
꿈결같이 북적대던 집안이
어찌어찌 하다가
별 뜨는 저녁이면 나 혼자 들어서는
빈 둥지가 됐다

영혼을 교감하며
티격태격도 하면서
살을 맞대고 살아오던 아내가
어느 날엔가 하늘과 손잡고
아련한 이야기 시작하더니
훌쩍 먼저 하늘로 불려 갔는데
내 가슴에
거진 내 가슴만 한 바위 같은 덩어리를 얹혀 놓고 떠
났다
숨이 답답했다

엄마가 하늘로 떠난 둥지에서
문득문득 훌쩍이던 딸아이가
취직을 했다고
딴엔 혼자 나래질할 힘이 생겼다고
홀로서기를 선언했다
아빠 목뒤가 아른하고
명치끝에 막대기 같은 것이 걸려 있었지만
딸을 믿기에, 슬기롭고 착한 걸 믿기에
혼자서 숨을 골랐다
헌데 나가 있는 딸이 못 견디게 보고 싶었다

얼마가 지난 후
밤이면 찬송가를 몇 곡씩 함께 부르던
저음(低音)의 막내아이가
또 훌쩍 군대에 들어갔다
하릴없지 허전하지만—
간간이 면회를 가노라면
더없이 순진한 모습으로 아빠를 안았다

큰 아이가 혼례를 치렀다
그래, 너희끼리 살아보아라
다들 갈 길이 있지
아들 내외는
멀지 않은 곳에 딴 둥지를 틀었다
이래저래 자주 날아온다
홀로서기 힘들 거고
홀로 살게 된 아버지에게 들러야 하고
세월이 흐르면
세월이 물처럼 저만치 가면
너희 삶이 있는 거야
너희 둥지가 따로 있는 거야

이제 밤이면, 밤이 다가오면
하나씩 다 떠나간 빈 둥지를
혼자 지킨다

허지만 빈 게 아니야
두 눈 감고 두 손 모으면
온 집안 가득 온 가슴 가득
찾아오는 분
우리 주님

그렇게 해가 가고 달이 가노라면
빈 둥지에서 함께 하늘노래 부를
잔주름 고운 벗이
이따금
찾아오지 않을까.

내게 원하시는 것

주님은
내게 무엇을 원하실까
어떻게 하는 걸 원하실까

지금 기도드리는 것
그리고 열심히 일하는 것
그분이 원하시는 걸까

간곡히 기도하면
이루어 주실까

때때로 스쳐오는 그 혼미(昏迷)
알 듯 모를 듯
아득한 헤매임······

아니지, 주님은 결코 그런 분 아니지
살아오며 줄곧 확연히 보여 주셨지

내 기도가 모자란 거야
훨씬 모자란 거야.

이웃 사랑 기도

기도는 본디
하나님 사랑 이웃 사랑

나를 위한 기도도
하나님 사랑 이웃 사랑 위한 것

나만을 위한 기도
내 가족만을 위한 기도
그걸 잘 들어주실까

나를 위한 기도도
하나님 앞에 무릎 꿇고
이웃 앞에 무릎 꿇기 위한 것

그런 사랑
언제나 이룰까.

VI.

헌시(獻詩)

별처럼 빛나리, 동부교회
- 창립 60주년을 맞이하며 -

두 눈 감고 두 손 모으면
벅차게 밀려오는 감사, 감격의 파도

동부교회
어쩌면 주님께서는
이렇듯 아름다운 믿음의 터전을 마련해 주셨을까

숨 막히는 삶의 부대낌에 지친 도시의 영혼 영혼들을
푸른 초장 쉴 만한 물가로 인도하시어
은혜의 생수를 한량없이 주시기 위함이었지

60년 회갑의 연륜을 넘기노라
숨 가쁘게 지나온 시절
때론 격려로 때론 채찍으로 이끌어 주셨지만

영원을 향한
하늘나라로의 위대한 역정(歷程)
모든 것이 은혜, 모든 것이 감사일 뿐

이제 동부교회는
주님의 분부 받들어 새롭게 전진하노라

동부의
어린이와 청소년은
시냇가에 심은 나무처럼 싱그럽게 자라
레바논의 백향목을 이루고

청년과 젊은이는
높은 뜻 받들어 열심히 배우고 힘써 일하여
조국과 민족과 세계를 향해 나아간다

어른들은
몸과 마음을 바쳐 복음을 전하고 이웃을 섬기며
믿음의 후예들을 도와주고

노인들은

험난했던 지난 삶
섭리와 은혜 되새기며
감사하고 기도하여 신앙의 본을 보인다

동부의 가족은 모두 한 지체
옛 가족 새 가족이 사랑의 용광로에서 새롭게 태어
나고
성별 연령 직업 달란트는 각각 달라도
주님 안에서 아름다운 교향곡을 이루어
세계 곳곳에 울려퍼진다

그리하여 동부교회는
은혜로운 말씀과 찬양이 넘치는
성스러운 예배가 있고
구원의 기쁜 소식 천국의 복된 소망이 가득하며

새 시대를 선도하는
지식과 정보 문화와 예술이 줄기차게 이어져

우리 가슴에
물결치고 용솟음친다

눈을 감으면
저 하늘 별처럼
동부교회가 빛난다.

성애성구사 社歌

1. 하나님의 크신 은총 놀라우신 섭리 따라
   한 마음 한 뜻으로 우리 여기 모였다
   땀방울로 정성 다한 장인의 손길
   고을마다 교회마다 그 영광 빛나리

   (후렴)
   성스런 교회가구 성애성구사
   그 사명 조국에 멈출 수 없네

2. 하나님의 높으신 뜻 가이없는 그 사랑
   가슴에 꿈을 싣고 오늘 우리 일한다
   기도로 갈고 닦아 빼어난 솜씨
   온 세계 교회마다 큰 은혜 넘치리

우리의 자랑 김연아 양에게

그대는
푸른 하늘 흰 구름 나는
파랑새
우리에게 푸른 꿈을 꾸게 했지

그대는
맑은 물 쉴 새 없이 도는
물레방아
작은 심장들을 고동치게 했지

그대는
하늬바람 타고 펄럭이는
깃발
오, 가슴에 밀려오는 기쁨이여!

이제 그대에게 바라노라

하늘 향해 두 손 모으고

겨레와 인류에게 감사의 미소를 보내며
더 큰 꿈 이루기를

지금까지처럼
순수와 품위를 간직한 채
먼 훗날까지 줄기차게

배움으로 목말라하고
외로움으로 아파하는 이웃에게
사랑의 손길 땀 흘려 펼치는
참 아름다운 천사의 모습

역사는 그대를
소중히 그리고 길이 간직하리.

절대 고독의 합창

연규홍(현 한신대 신학대학원장)

이제 밤이면, 밤이 다가오면
하나씩 다 떠나간 빈 둥지를
혼자 지킨다

하지만 빈 게 아니야
두 눈 감고 두 손 모으면
온 집안 가득 온 가슴 가득
찾아오는 분
우리 주님

그렇게 해가 가고 달이 가노라면
이따금 빈 둥지에서 함께 하늘노래 부를

잔주름 고운 벗이

이따금 찾아오지 않을까

— 이범렬의 시 "빈 둥지" 중에서

태초에 하나님은 왜 사람을 지으시되 아담을 먼저
홀로 지으셨을까? 고독은 인간의 숙명이다. 그 고독의
자리에 서야 인생이 보이고 자연이 보이고 세계가 보
인다. 이범렬 장로님의 시는 고독의 노래이다. 이 세상
의 홀로 존재하였던 첫 사람 아담처럼 그는 또다시 홀
로이다. 사랑하는 아내를, 그리고 자녀들을 모두 떠나
보내고 다만 지금은 그들이 깃들던 둥지를 고통의 밤
과 함께 홀로 지킨다.

그러나 그 원초적 고독은 시인에게는 별것이 아니다.
왜냐하면 그와 함께 하시는 하나님이 계시기 때문이다.
두 눈을 감고 하나님의 거룩한 꿈을 꾸고, 두 손 모아
정결한 순종의 기도를 드리면 어느새 온 집안 가득, 온
가슴 가득 주님이 찾아오신다. 세상 끝날 까지 함께 하
시겠다고 약속하신 임마누엘의 주님은 빈 둥지를 가득
채우고 고독한 가슴을 가득 채워 주신다. 나는 이것을
절대고독이라고 말한다. 세상에는 같이 있어도 고독한
사람이 있고 멀리 있어도 고독하지 않은 사람이 있다.

주님과 같이 절대고독 속에 사는 시인은 멀리 있어도 고독하지 않은 사람이다. 고독한 이들을 끌어안고 사랑으로 함께 하는 그의 시에는 시간과 대상을 넘어서는 자유와 초월이 있다.

하늘 노래를 함께 부르는 고독이라는 잔주름의 고운 벗은 이미 과거에도 왔고 현재에도 오고 미래에도 올 것이다. 때로 바닷가에 지는 석양의 추억과 봄과 가을, 계절의 색깔로 그리고 따스한 어머니의 손길과 나무들의 꽃망울로 다가온다. 고독한 그것들은 시인의 사랑의 눈길과 말 건넴을 기다리고 있다.

이미 첫 사람 아담의 원초적 고독은 시인의 마음을 떠났다. 시인의 사랑의 눈길과 언어가 닿는 곳, 만나는 곳에서 그 대상이 무엇이든지 함께 고독을 노래한다. 그 노래는 합창이 된다.

십자가에 달린 예수는 사랑으로 원초적 고독을 넘어 우주 만물과 새로운 관계를 맺는 생명의 노래를 합창한다.

이범렬 장로님의 시는 바로 그 예수의 사랑의 노래요, 은총 받은 피조물들의 고독을 넘어선 자유의 합창이다.